Un conte pour tous les habitants,
Pâtissiers, libraires, écoliers et parents,
Une histoire de rêves et de temps
Pour les petits des grandes villes
Et les grands des petites villes,
Pour les grands des grandes villes
Et les petits des petites villes,
Et vice et versa et réciproquement,
De huit à quatre-vingt-dix-huit ans.

Jutta Treiber

La fabuleuse boutique du temps

Illustrations
Nadja Grace Bodner

ASTRID FRANCHET
ÉDITIONS

La ville lui semble petite à présent.
Il l'a quittée il y a bien longtemps.
Elle est devenue moins vivante.
Monsieur Benoît se promène.
Il se promène tous les jours.
Toujours le même chemin.
Exactement le même.

Chapitre I

Alors que Monsieur Benoît se promenait dans la rue principale déserte, il entendit soudain une voix qui lui souffla : « Regarde-moi ! Mais regarde-moi donc ! » Une feuille morte s'envola puis se posa sur les marches d'une boutique abandonnée. Ce fut comme si le verre de la vitrine tintait doucement, imperceptiblement. Puis de nouveau la voix chuchota : « Regarde-moi ! Mais regarde-moi donc ! »

Monsieur Benoît se retourna mais il ne vit personne. Il secoua la tête en se disant : « Je dois devenir vieux et un peu fou. » Puis il poursuivit sa promenade.

La nuit tombait. Monsieur Benoît se prépara un petit dîner, suivit les informations à la télévision, lut dans son fauteuil couleur rouille, puis il alla se coucher. C'était ainsi tous les jours. Ou presque tous les jours.

Monsieur Benoît avait vu le monde entier. En tant que journaliste, il avait beaucoup voyagé, d'abord dans les zones de guerre, puis, quand cela devint trop dangereux à son goût, il couvrit les grandes manifestations sportives. Dans sa jeunesse, après ses études, il avait mis en scène quelques pièces, dans différents théâtres. Un temps, il avait même travaillé comme soignant dans un hôpital. Mais tout cela datait d'il y a fort longtemps.

Pendant toute sa vie, à cause de son travail, il n'avait pas eu le temps. Pas eu de temps pour fonder une famille, pas eu de temps pour profiter de la vie.

Pourtant, beaucoup des rides de son visage avaient été dessinées par le rire. Elles étaient si marquées que ni le chagrin ni le stress n'avaient réussi à les effacer.

Car il avait toujours été un optimiste et il avait su garder son humour même dans les moments les plus difficiles. Il se tenait toujours très droit. La vie n'avait pas réussi à le courber.

À présent que Monsieur Benoît avait pris de l'âge et était à la retraite, il voulait enfin trouver du calme et était revenu pour cette raison dans sa ville de naissance.

Ses parents étaient décédés et il avait hérité de la maison de famille. C'est là qu'il vivait maintenant et qu'il avait enfin trouvé le calme qu'il cherchait. Beaucoup de calme. Trop de calme. Tellement de calme que ça finissait par le rendre nerveux.

La ville avait beaucoup changé pendant toutes ces années. Autrefois, d'après les souvenirs que Monsieur Benoît en avait gardé, elle était bien plus vivante. « Les rues étaient plus animées, se disait-il. Et il n'y avait pas autant de boutiques à l'abandon. »

Maintenant elles étaient nombreuses et c'était triste. Aux entrées de la ville, il y avait ces affreuses zones commerciales que Monsieur Benoît trouvait laides. Les espaces verts avaient été bétonnés, le centre-ville était désert. « Les zones commerciales alentour ont aspiré toute la vie de la ville », pensait-il.

Et puis il rencontrait un problème : il ne connaissait presque plus personne. Il était comme un étranger dans sa propre ville.

Cette nuit-là, Monsieur Benoît ne parvint pas à trouver le sommeil. « La vie est trop courte et la nuit trop longue », pensa-t-il en ouvrant un livre. Il savait que comme d'habitude il ne s'endormirait pas avant plusieurs heures.

Ce ne sont pas les soucis qui l'empêchaient de dormir. Car des soucis, il n'en avait pas. Il avait une jolie maison avec un petit jardin, il avait assez d'argent parce que sa vie durant il n'avait pas eu le temps d'en dépenser, il était en bonne santé, toujours sportif et il avait les idées claires.

Mais il était seul. À présent qu'il était trop tard, il regrettait de ne pas avoir fondé une famille. Pas de femme, pas d'enfants, pas de petits-enfants.

« Suis-je vraiment heureux ? se demandait Monsieur Benoît. Et l'ai-je même jamais été ? Et si oui, quand ? » Il n'avait pas besoin de réfléchir longtemps : ce qui lui avait toujours donné le plus de bonheur, c'était la compagnie d'autres personnes.

« Je dois changer quelque chose dans ma vie », se disait-il. Mais il ne savait pas quoi. Et comme il ne savait pas quoi, il savait encore moins comment.

Chapitre 2

C'est pourquoi, le lendemain, il reprit sa routine quotidienne.

Alors qu'il marchait comme la veille dans la rue principale déserte, il entendit soudain quelqu'un sangloter. « Je suis vraiment idiot, pensa Monsieur Benoît. Hier, j'ai entendu des voix, et aujourd'hui j'entends des pleurs. »

Pourtant les sanglots ne cessaient pas. Monsieur Benoît vit alors une jeune fille sur le seuil de la boutique abandonnée. Elle pouvait avoir douze ou treize ans. Elle était recroquevillée sur elle-même et elle pleurait.

Monsieur Benoît se demanda ce qu'il devait faire. Passer son chemin, comme s'il n'avait rien vu ni entendu ? Il ne pouvait pas faire ça.

Il s'avança vers la jeune fille et s'assit sur la marche à côté d'elle.

« Est-ce que je peux t'aider ? » demanda-t-il.

La jeune fille fit non de la tête.

« Pourquoi pleures-tu ?

— À cause de l'école, renifla la jeune fille dans ses larmes.

— Une mauvaise note ? »

La jeune fille hocha la tête :

« Un devoir maison de mathématiques.

— Et c'est siiiii grave ? demanda Monsieur Benoît.

— Oui, dit la jeune fille. Parce que maintenant, ça me fait 9 de moyenne dans mon bulletin du premier trimestre, et que je vais redoubler. Mes parents vont être très déçus.

— Hmm », fit Monsieur Benoît. Il pouvait bien se représenter cette situation. Lui aussi avait eu des parents très ambitieux et pour lesquels ses résultats scolaires étaient très importants.

« Je te comprends, dit-il à la jeune fille. Mais nous ne sommes qu'au premier trimestre. À la fin de l'année, ça peut encore être très différent. »

La jeune fille hocha la tête et essuya ses larmes.

« Merci d'avoir parlé avec moi », dit-elle. Puis elle se leva et partit en courant.

Monsieur Benoît resta encore un moment assis sur la marche de la boutique. « Je n'ai même pas pensé à lui demander son nom », pensa-t-il.

Comme il se levait pour partir, il entendit une nouvelle fois la petite voix qui lui chuchotait : « Regarde-moi ! Regarde-moi donc ! »

Mais à présent, il n'y avait vraiment plus personne en vue. Monsieur Benoît secoua à nouveau la tête.

Il commença doucement à pleuvoir. Quand il était jeune, en janvier, il neigeait. Il ne se souvenait pas qu'il y eût de la pluie en hiver.

Quelques gouttes d'eau claquaient sur le seuil de la boutique en éclaboussant la marche.

Monsieur Benoît se pressa de rentrer chez lui. Il marchait d'un pas léger et enjoué. Il n'avait pas été aussi joyeux depuis longtemps.

Arrivé à la maison, il se prépara un bon repas et mangea de bon appétit.

Sous la douche, il se surprit en train de chanter. Une chanson de sa jeunesse.

Alors il en chanta une autre. Et encore une. Il n'avait pas chanté depuis une éternité. Sa voix était bien sûr un peu rauque, mais peu à peu elle s'éclaircit.

Cette nuit-là, Monsieur Benoît s'endormit de bonne humeur.

Il rêva d'une petite boutique abandonnée. Elle était froide et nue. Mais tout à coup, un canapé bariolé apparaissait, de toutes les couleurs de l'arc-en-ciel et bien plus encore, sur lequel était assise la jeune fille de cet après-midi qui riait.

Monsieur Benoît était assis dans son fauteuil couleur rouille, il riait aussi. Et dans son rêve, il s'entendit dire : « Chaque personne a un don qui lui est particulier. Il faut seulement le découvrir et l'utiliser. »

C'est alors qu'il se réveilla.

Il voulut évacuer son rêve et l'effacer de devant ses yeux. Mais le rêve ne se laissait ni évacuer ni effacer, il lui restait en tête, solidement accroché.

Et quand Monsieur Benoît, le troisième jour, revint faire sa promenade le long de la rue principale déserte, et entendit à nouveau la voix lui susurrer : « Regarde-moi ! Regarde-moi donc ! », il comprit que c'était la boutique abandonnée qui lui parlait. La petite, celle du milieu.

Monsieur Benoît, à bien y regarder, avait remarqué qu'il y avait en réalité trois boutiques abandonnées. Au milieu, la petite, à gauche et à droite, deux grandes. De son enfance, il pouvait se souvenir que la boutique de gauche avait été une pâtisserie, celle du milieu une librairie, et celle de droite un grand magasin de jouets.

Mais que pouvait-il faire, Monsieur Benoît, d'un magasin qui l'appelait ?

« Je ne suis pas un commerçant, pensa-t-il. Je n'ai rien à vendre. Je ne sais même pas ce que je pourrais vendre. »

Il s'assit sur le seuil de la boutique du milieu. Il pensa à la jeune fille de la veille. Il lui avait adressé quelques mots. Il lui avait accordé un peu de temps.

« Du temps ! pensa-t-il. Du temps… Est-ce le mot magique ? Pendant toute ma vie, je n'ai jamais eu le temps. Maintenant j'en ai trop. Ne pourrais-je pas offrir un peu de temps ? Ou peut-être même en vendre ? Ou en offrir et en vendre, suivant le cas… ? »

Une idée se présenta à lui, comme une pomme mûre à cueillir : « Je vais louer cette boutique. Je vais offrir du temps aux gens. Et à ceux qui ont les moyens, je le vendrai. Suivant le cas… »

De joie, son cœur fit un triple salto dans sa poitrine.

Sa tête aussi.

Les jours suivants, il était tellement excité qu'il ne pouvait plus dormir. Pourtant, d'une manière ou d'une autre, il dormait quand même.

Et il rêvait encore du canapé bariolé.

Chapitre 3

Méline était tellement excitée qu'elle n'avait rien pu avaler lors du repas de midi. À présent, elle était en train de tout préparer pour l'après-midi. Dans l'armoire de sa mère, elle avait trouvé une boîte avec de vieux accessoires de carnaval. Ils étaient parfaits pour une pièce de théâtre. Car aujourd'hui était le grand jour : elle allait fonder sa troupe de théâtre. Le théâtre était en effet sa passion depuis l'époque de l'école maternelle. Et maintenant, elle était en CM1, et elle allait enfin réaliser son rêve.

Méline avait raconté à tous les élèves de la classe ce qu'elle avait en tête. Certains avaient haussé les épaules en disant que ça ne les intéressait pas. Mais d'autres avaient hoché la tête et semblaient prêts à participer. À trois heures, ils devaient la rejoindre à la maison.

Trois heures moins le quart. Le cœur de Méline battait la chamade dans sa poitrine. Avec l'aide de sa mère, elle avait poussé de côté la table du salon, pour que le groupe ait plus de place pour la première répétition. Méline ne savait pas encore ce qu'ils joueraient, mais ils trouveraient bien. On appelait ça « improviser », lui avait appris sa mère qui avait proposé de l'aider.

« Non, maman, je ne veux pas que tu t'en occupes », avait dit Méline. La maman avait bien compris que Méline voulait tout organiser toute seule, et elle l'avait laissée faire.

Trois heures moins cinq ! Les premiers n'allaient pas tarder. Sans doute y aurait-il plus de filles que de garçons, car les garçons n'avaient pas l'air de s'intéresser beaucoup au théâtre.

Trois heures pile. Toujours personne.

« Bon, ils auront quelques minutes de retard », pensa-t-elle.

Méline aurait pu appeler ses amies et camarades de classe pour demander pourquoi ils ne venaient pas. Mais elle n'avait pas son propre portable, parce que ses parents pensaient qu'à l'école primaire, les enfants n'ont pas besoin de portables. Et puis de toute façon, elle ne voulait pas appeler.

Une fois encore, elle fouilla dans la boîte d'accessoires. Elle trouva une veste jaune éclatant avec des dessins de dragons chinois, accompagnée d'une perruque brune à longue natte. Il y avait aussi un vieux pantalon d'équitation ayant appartenu à sa mère, un haut-de-forme noir, une chemise à carreaux de cow-boy, un chapeau pointu de sorcière, une perruque de clown rouge, et bien d'autres choses encore, dont la robe de princesse que Méline avait portée au bal costumé de l'an dernier. Elle lui allait encore, même si Méline avait bien grandi.

À trois heures et quart, il n'y avait toujours personne. À trois heures et demie, non plus. Méline sortit de la maison et regarda dans la rue. Il n'y avait personne, à part un vieux monsieur qui se promenait.

Méline sentit comme un nœud se former dans son ventre. Ce n'était pas de la colère, c'était plutôt qu'elle se sentait vidée de l'intérieur. À quatre heures, elle remit la boîte d'accessoires au fond de l'armoire.

« Ne pas pleurer ! se dit Méline. Surtout ne pas pleurer ! » Mais sa maman remarqua tout de suite que les choses ne s'étaient pas bien passées.

« Cela ira mieux la prochaine fois », dit-elle.

Méline secoua la tête.

« Il n'y aura pas de prochaine fois.

— Tu ne peux pas renoncer si vite, lui dit sa maman.

— Ça ne les intéressait pas et ils ont été trop lâches pour me le dire », ajouta Méline.

Le lendemain, sa tristesse n'avait pas disparu. À l'école, elle demanda d'abord à sa meilleure amie Mona pourquoi elle n'était pas venue. Mona répondit :

« Ma maman m'a dit que je devrais plutôt travailler l'orthographe ».

Sa mère avait ajouté qu'elle ne devait pas gaspiller son temps avec des sottises pareilles, mais Mona préféra ne pas le dire. De toute façon, Méline l'avait deviné toute seule.

Aux autres, qui avaient eu l'air poliment intéressés la première fois, elle préféra ne pas demander. Elle aurait de toute façon encore entendu divers prétextes et excuses, elle préférait éviter ça. Elle avait compris : personne en dehors d'elle-même ne s'intéressait au théâtre. Et sans comédiens, on ne peut pas fonder une troupe de théâtre.

Toute la matinée, Méline fut très distraite en classe : au tableau elle avait tout faux, elle faisait des fautes d'orthographe dans ses cahiers, ses calculs ne tombaient jamais juste, et elle comprenait toutes les questions de travers.

La maîtresse s'inquiéta pour Méline :

« Qu'est-ce qui t'arrive aujourd'hui ?

— Rien », répondit Méline. Et d'une certaine manière, c'était vrai.

Chapitre 4

Hermine Mayer balayait le trottoir. La vitrine de son ancienne boutique avait été occultée avec des feuilles de papier kraft sur lesquelles l'humidité dessinait de drôles de tâches. Chaque fois qu'elle voyait la vitrine, Hermine soupirait. Ces feuilles de papier kraft marron avec leurs plaques d'humidité étaient pour elle le symbole du caractère éphémère des choses. Car elle devait les changer en permanence, l'humidité finissant toujours par passer dans les interstices entre les vitres et ronger les feuilles.

Hermine Mayer aurait bien voulu trouver un jeune successeur pour reprendre sa boutique, mais personne dans son entourage n'avait été intéressé. Elle avait pourtant compté sur son petit-neveu Constantin, mais celui-ci avait préféré parcourir le monde avec son sac à dos, en gagnant grâce à des petits boulots juste assez d'argent pour vivre.

Hermine Mayer avait été une commerçante dévouée, qui avait eu plaisir à tenir sa boutique de jeux. Les enfants avaient le droit d'essayer tous les jouets, et elle les laissait même rouler à tricycle ou faire de la trottinette dans la boutique.

Mais un jour, son mari était tombé très malade, et il mourut. Juste après, sa meilleure amie Louise était décédée elle aussi, d'un infarctus. Quelque chose s'était brisé dans le cœur d'Hermine. Deux fois.

Elle perdit alors l'envie de tenir sa boutique. Et comme personne ne voulait la reprendre, elle décida tout simplement de la fermer. La femme joyeuse et pleine de vie s'était transformée en une dame solitaire et acariâtre. Quand des enfants jouaient devant sa boutique à l'abandon, elle les chassait. Quand des chiens levaient la patte contre le mur de sa maison, elle querellait le propriétaire. Et s'ils laissaient une crotte, elle entrait dans des fureurs telles et criait si fort que les voisins sortaient la tête par la fenêtre. Ce qu'Hermine ne savait pas, c'était que ses voisins l'appelaient dans son dos « la mère Ronchon ».

Toutefois, ces dernières années, la mère Ronchon avait eu moins de raisons de ronchonner parce que de moins en moins de gens passaient sur son trottoir, avec ou sans chien. Les enfants aussi étaient de plus en plus rares. «Avant, c'était mieux ici, pensait Hermine souvent. Maintenant, on a l'impression de vivre dans une ville fantôme.»

Hermine avait fini de balayer. Le trottoir était propre. Mais les taches sur le papier kraft étaient là. Comme toujours.

Chapitre 5

« Kebab complète ? » demanda le père d'Ali, et la cliente approuva de la tête. Ali avait pourtant souvent expliqué à son père qu'il ne fallait pas dire « Kebab complète » mais « Kebab complet ». Mais son père avait toujours haussé les épaules.

« Complet ou complète, c'est pareil. Je dis toujours complète et les gens ils comprennent. »

Ali, lui, ne comprenait pas. Il ne comprenait pas pourquoi son père ne faisait pas l'effort de parler correctement.

« Si c'est pareil, disait Ali, alors tu peux aussi bien le dire correctement.

— Tais-toi Monsieur je-sais-tout, répondait le père d'Ali. C'est pas mon fils qui va me diser qu'est-ce que je dois faire. »

Ali avait bien envie de lui rétorquer qu'on ne disait pas « diser » mais « dire », mais il savait que ça ne servirait à rien, à part à rendre son père encore plus en colère, et il laissait tomber.

La maîtresse à l'école aimait bien Ali. Il était curieux et vif d'esprit, il voulait tout apprendre, et maîtrisait mieux la langue française que la plupart de ses camarades. Mais il semblait parfois fatigué et ses devoirs étaient alors un peu bâclés. La maîtresse supposait qu'il devait aider à faire le service dans le restaurant de son père.

Ali aurait préféré passer son temps dans ses livres et ses cahiers. Il voulait apprendre. Mais son père disait :

« À quoi ça sert, apprendre tout ça ? Tu vas reprendre le restaurant après moi, et qu'est-ce que tu as besoin savoir pour ça, je l'apprends à toi. »

Ali n'osait pas répondre. Mais il rêvait d'aller au lycée, de passer son baccalauréat et d'aller étudier. Quoi exactement, il ne le savait pas, car tout l'intéressait.

C'était difficile de se concentrer à la maison, au milieu de sa mère, de son petit frère et de ses deux sœurs. Ils se chamaillaient constamment, parlaient fort, et Ali n'était jamais tranquille.

Parfois, il se glissait hors de la maison et s'asseyait sur un banc du petit parc de la place principale. Si le temps était beau, il pouvait y lire sans être dérangé. Mais quand le temps était trop froid ou s'il pleuvait, il ne pouvait pas sortir. Il rêvait d'avoir sa chambre à lui. Ou même juste un petit coin, qui serait rien qu'à lui.

Chapitre 6

Monsieur Benoît avait réussi à trouver le propriétaire de la petite boutique. Il s'appelait Monsieur Loiseau. C'était un vieux petit monsieur avec des cheveux tout blancs et un sourire malicieux. À l'époque où il tenait encore sa librairie, il l'avait appelée « Loiseau-Lire ».

« Ça commence mal », se dit Monsieur Benoît la première fois qu'il le vit. Le vieux bonhomme avait l'air d'un roublard attentif à ses seuls intérêts. Mais après quelques instants, Monsieur Benoît devait reconnaître qu'il s'était trompé sur le compte de Monsieur Loiseau. Il se révéla très aimable, et il était ravi que quelqu'un montre de l'intérêt pour sa boutique. Il ne s'y attendait plus.

« Voyez-vous, dit-il — il parlait très vite et de façon enjouée —, je serais heureux que la maison revive. Une boutique abandonnée, c'est sinistre, comme un cadavre, en moins effrayant quand même. Et puis, je n'ai plus besoin de grand-chose à mon âge. J'ai ma retraite, qui me permet de bien vivre. Et si ça peut mettre du beurre dans les épinards, tant mieux. »

Ils se mirent vite d'accord sur le montant du loyer, qui ne parut pas trop élevé à Monsieur Benoît.

« Mais qu'est-ce que vous voulez vendre dans ce commerce ? demanda Monsieur Loiseau.

— Du temps, répondit Monsieur Benoît.

— Du temps ? répéta Monsieur Loiseau incrédule.

— Oui, du temps, confirma Monsieur Benoît. C'est la seule chose que j'ai. Et je pense que c'est un créneau porteur ! » Il sourit de manière aussi malicieuse que Monsieur Loiseau, qui lui sourit malicieusement en retour.

« Vous pourriez bien avoir raison ! dit-il. Je vous souhaite bonne chance. Et qui sait, peut-être que je serai votre premier client ! »

Monsieur Benoît commença vite les travaux de rénovation du magasin. Le peintre recouvrit les murs de couleurs variées et gaies. Le sol était encore en bon état, Monsieur Benoît le lava soigneusement lui-même. Il acheta ensuite une table et deux fauteuils, et un canapé bariolé, qui ressemblait tout à fait à celui de son rêve. Il acheta encore une machine à café, et un réfrigérateur pour les boissons. Après quelques semaines, la boutique du temps était prête à ouvrir. Au-dessus de la vitrine, Monsieur Benoît avait fait installer une enseigne qui indiquait : *Au temps pour moi — La fabuleuse boutique du temps*.

Hermine Mayer, la mère Ronchon, observait depuis des semaines tout ce manège avec les cent yeux d'Argus. Qu'est-ce qui pouvait bien se tramer là ? Qui troublait sa tranquillité ? Pourquoi la petite boutique avait-elle été rénovée ? Qui pouvait bien être l'individu étrange qui croyait pouvoir ouvrir un commerce dans une petite ville mourante ? Bon, au moins il n'avait pas de chien qui lèverait la patte sur son mur. Sinon, la mère Ronchon aurait vite fait de lui dire haut et fort ce qu'elle en pensait.

Chapitre 7

Monsieur Benoît fit une toilette consciencieuse, s'habilla de vêtements confortables mais élégants, se parfuma même un petit peu, puis parcourut le court chemin de sa maison à sa nouvelle boutique.

Il se sentait d'une humeur excellente quand il ouvrit la boutique. Cela sentait la peinture fraîche et la laque des meubles neufs. Monsieur Benoît était tout excité.

Qui serait son premier client ou sa première cliente ? Un enfant, un jeune homme, une jeune fille ?

Monsieur Benoît s'assit sur le canapé bariolé. Mais il se releva tout de suite pour allumer la machine à café. Quand le premier client arriverait, il voulait pouvoir tout de suite lui offrir un café. Il était toujours plus agréable de discuter devant une boisson.

Ensuite, il se tourna vers le réfrigérateur qu'il avait empli de jus de toutes sortes et d'eaux minérales. Il avait aussi préparé de quoi grignoter.

Monsieur Benoît attendit.

Il attendit pendant la matinée.

Il attendit à midi. Il attendit tout l'après-midi.

Il attendit jusqu'au soir.

Mais personne n'entra dans la boutique.

Personne de toute la journée.

Monsieur Benoît était un peu triste quand il rentra chez lui.

Mais ensuite il pensa : « À quoi m'attendais-je exactement ? Que les gens se rueraient dans ma boutique du temps ? Je n'ai d'ailleurs fait aucune publicité. » Et tout de suite il se mit à préparer un plan d'action. D'abord, il informerait les journaux locaux ainsi que l'antenne régionale de la télévision. Puis il ferait une

fête d'inauguration, il penserait à inviter le maire, les directeurs des écoles, et bien sûr Monsieur Loiseau et les voisins, et peut-être aussi quelques autres personnes.

Le lendemain matin, dans sa boutique, il mit ses projets à exécution. Il écrivit des mails à la chaîne de télévision et aux journaux, il confectionna une affiche ainsi que des cartons d'invitation pour sa fête d'inauguration.

Quand tout fut prêt, la porte s'ouvrit pour la première fois. C'était la jeune fille qu'il avait consolée sur le seuil de la boutique.

« Je peux ? demanda-t-elle timidement.

— Bien sûr, dit Monsieur Benoît, volontiers. Veux-tu t'asseoir ? Aimerais-tu boire quelque chose ?

— Non... oui... peut-être... », dit la jeune fille.

Monsieur Benoît sourit et lui apporta un verre de jus de pomme. La jeune fille s'assit sur le canapé bariolé et but à petites gorgées. Monsieur Benoît sourit encore plus. La scène était presque comme dans son rêve.

« Je m'appelle Benoît, dit Monsieur Benoît. Et toi ?

— Nora, dit la jeune fille, si doucement que Monsieur Benoît put à peine saisir le nom.

— Et comment vas-tu maintenant, Nora ?

— Beaucoup mieux que l'autre fois, quand vous m'avez consolée, dit Nora en baissant les yeux. C'était très gentil de votre part. En fait, c'est pour cela que je suis venue : pour vous remercier.

— Ce n'était rien du tout, c'était tout naturel.

— Oui, peut-être, mais vous êtes le seul à l'avoir fait. »

Monsieur Benoît sourit. « C'était surtout parce qu'il n'y avait personne d'autre », pensa-t-il.

Nora leva les yeux et fixa Monsieur Benoît.

« Je ne comprends pas, qu'est-ce que c'est exactement, ce magasin ?

— C'est tout simple, dit Monsieur Benoît. Si on a besoin d'un conseil, d'une aide ou d'un peu de temps pour soi, on peut venir ici. On peut parler avec moi si on veut, mais on peut aussi garder le silence. En fait, je ne sais pas très bien moi-même, tu es ma première cliente.

— Et ça coûte combien ? demanda Nora.

— Hmm, dit Monsieur Benoît, ça dépend. Pour ceux qui n'ont pas beaucoup d'argent, c'est gratuit. Mais si certains ont un peu d'argent et veulent m'aider à payer les frais, j'accepte volontiers.

— Et vous croyez que ça va marcher ? demanda-t-elle d'un air sceptique.

— Je ne sais pas, dit Monsieur Benoît, mais j'espère. »

Nora resta pensive.

« Comment s'est arrangé ton problème en mathématiques ? demanda Monsieur Benoît.

— Comme j'avais pensé. J'ai 9 de moyenne générale au premier trimestre. Je ne vais peut-être pas redoubler, mais mes parents ont fait tout un drame. Maintenant, ils se sont calmés. J'ai promis de travailler plus, mais de toute façon je ne comprends rien en maths, je crois que je suis trop bête.

— Ne dis pas cela, dit Monsieur Benoît. Peut-être qu'on ne t'explique pas très bien.

— Et vous, vous étiez bon en maths ? demanda Nora.

— En tout cas pas trop mauvais, répondit Monsieur Benoît.

— Alors vous pourriez m'expliquer mes exercices ? demanda Nora.

— Dans quelle classe es-tu ? demanda Monsieur Benoît.

— En 5ème », répondit Nora.

Monsieur Benoît sourit.

« Alors je pense que ça devrait encore aller.

— Et vous pourriez... je veux dire... maintenant... ? »

Nora regardait Monsieur Benoît d'un air interrogateur. N'était-ce pas trop demander ?

« Bien sûr, répondit Monsieur Benoît en souriant. J'ai du temps. »

Une scène inhabituelle s'offrait aux rares passants qui regardaient par la vitrine : un vieux monsieur et une jeune fille, assis sur un canapé bariolé, qui buvaient du jus de pomme, se penchaient sur des livres et des cahiers, qui écrivaient, comptaient, dessinaient des figures géométriques, et parfois levaient les yeux, parlaient et riaient.

« Je ne m'étais jamais autant amusée en faisant des maths, dit Nora.

— Moi non plus, dit Monsieur Benoît.

— Est-ce que je peux raconter à mes amis que vous expliquez drôlement bien ? demanda Nora.

— Bien sûr ! dit Monsieur Benoît. J'ai besoin de clients.

— Je pourrais aussi leur dire que vous savez bien consoler les gens tristes. »

Nora sourit. Monsieur Benoît sourit aussi.

Méline passa devant le magasin. Elle avait choisi un autre chemin que d'habitude pour rentrer à la maison. Elle s'arrêta devant la boutique du temps. Elle y vit une jeune fille qu'elle connaissait de vue, une grande qui était dans son école primaire avant et qui devait maintenant être au collège. Elle y vit aussi le vieux monsieur qu'elle avait aperçu se promener il y a quelque temps, ce jour où elle avait voulu fonder sa troupe de théâtre. Elle restait devant la vitrine et les observait tous les deux, assis sur le canapé bariolé. Soudain, cela lui apparut comme une pièce de théâtre, comme si la boutique était la scène, et comme si la rue était la salle. Le cœur de Méline bondit dans sa poitrine : cette envie de théâtre qu'elle avait enfouie depuis ce jour malheureux était toujours présente et puissante.

La jeune fille sur la scène rangea ses livres et ses cahiers, et dit au revoir au monsieur. La pièce de théâtre était terminée. Méline se cacha vite dans un angle de la boutique.

Cette nuit-là, elle rêva d'une scène de théâtre sur laquelle se tiendrait un canapé bariolé.

Peu de temps après, Ali aussi passa devant la boutique du temps. Il y vit le monsieur d'un certain âge, qui était assis sur un canapé bariolé et qui lisait. Ali ne se lassait pas de regarder le monsieur en train de lire. Mais finalement, il dut s'arracher à sa contemplation, car son père l'attendait dans le restaurant.

Cette même nuit, il rêva de son père. Il le vit au milieu du restaurant jongler avec vingt-cinq kebabs qui dansaient dans les airs. « Vois-tu, disait son père, c'est comme ça qu'il faut faire ! Je suis vrai artiste du kebab ! »

Puis il vit dans son rêve un canapé bariolé, sur lequel on pouvait lire toute la journée sans être dérangé.

Chapitre 8

Nora avait vraiment dû faire de la publicité pour la boutique du temps de Monsieur Benoît, car dès le lendemain se présentèrent deux de ses camarades de classe. Ils avaient les mêmes problèmes qu'elle en mathématiques.

« Bon, j'espère que la boutique ne va pas se transformer uniquement en entreprise de soutien scolaire », pensa Monsieur Benoît en lui-même.

Après avoir fini les devoirs de mathématiques, les deux collégiens partirent. Un des deux pourtant revint quelques minutes plus tard. Il s'appelait Eliott, et Monsieur Benoît remarqua tout de suite qu'il avait quelque chose sur le cœur.

Eliott hésita un moment, tourna autour du pot, puis il finit par dire tout d'un coup :

« Mes parents se disputent tout le temps, j'ai peur qu'ils divorcent. »

Monsieur Benoît ne trouva d'abord rien à dire, à part : « Je suis désolé », ce qui n'était pas grand-chose.

« À propos de quoi se disputent-ils ? demanda-t-il.

— À propos de tout et de rien, dit Eliott. Parce que papa travaille trop et n'a jamais le temps de rien. Parce que maman travaille aussi beaucoup et n'a pas le temps non plus. Et quand ils trouvent quand même du temps ensemble, ils le passent à se disputer pour savoir comment passer ce temps. Maman dit que papa est ennuyeux comme tout et qu'on ne peut pas s'amuser avec lui. Papa dit que maman ne pense qu'à s'amuser et qu'elle n'en a jamais assez. Et puis ils se disputent à cause de moi, bien sûr. Papa pense que maman me laisse faire TOUT ce que je veux, ce qui n'est même pas vrai, maman s'énerve parce que papa ne me laisse jamais RIEN faire, ce qui n'est pas vrai non plus. Papa s'énerve parce que les affaires de maquillage de maman prennent toute la place dans la salle de bain. Maman râle parce que papa laisse traîner ses chaussettes. Et hier, elle a encore fait une crise parce qu'il a laissé le tube de dentifrice ouvert.»

Il fit une pause pour reprendre son souffle, puis il continua :

« Mais en fait, je crois connaître la vraie raison de ces disputes. Je pense que papa a une amie et que maman s'en est rendu compte. Je l'ai entendue le dire un jour où elle croyait que je n'étais pas à la maison. Devant moi évidemment ils ne disent rien. Bref, je crois qu'ils vont divorcer. Et je trouve ça triste. Parce que même si en ce moment, ils sont bizarres, ce sont quand même mes parents. Et je les aime tous les deux. Et s'ils divorcent, je vais être obligé de choisir l'un des deux, non ? Et je ne saurais pas lequel. »

Monsieur Benoît restait silencieux. Après un moment, il dit :

« Peut-être que tu t'inquiètes trop pour quelques disputes. Peut-être qu'ils ne pensent pas du tout à se séparer. Et même si tu as raison : qui te dit que tu seras obligé de choisir entre les deux ? Il existe la garde alternée. »

Eliott secoua la tête :

« S'ils ne peuvent pas s'entendre pour une histoire de dentifrice, comment pourront-ils se mettre d'accord sur la garde alternée ? »

Évidemment, ça sonnait juste. Monsieur Benoît ajouta pourtant :

« Attends un peu. Ce n'est peut-être pas aussi grave que ça en a l'air.

— On verra, je vous tiendrai au courant, dit Eliott. Et mon ami Milo, qui était avec moi tout à l'heure, il aurait aussi sûrement beaucoup de choses à vous raconter. Il est complètement harcelé par le professeur. Il s'acharne sur lui tout le temps et après il s'étonne que Milo lui réponde. Mais l'autre jour, il s'est passé quelque chose de rigolo : une autrice est venue faire une lecture dans notre collège. Et avant la lecture, le professeur a hurlé sur Milo, pour rien, mais vraiment pour rien. Après, pendant la lecture, le prof s'est assis au fond et il s'est mis à corriger des copies. L'autrice s'est arrêtée un moment, puis elle lui a dit sèchement que si ça ne l'intéressait pas, il n'avait qu'à sortir pour aller corriger ses copies ailleurs. C'était vraiment énorme, ça nous a tellement fait plaisir de voir cet imbécile se faire disputer.»

Il riait en repensant à la scène. Monsieur Benoît rit aussi.

En sortant, Eliott mit un petit billet dans la tirelire que Monsieur Benoît avait posée à l'entrée de la boutique.

«Non, pour les enfants, c'est gratuit, dit Monsieur Benoît.

— Gardez, dit Eliott, pour l'argent de poche, mes parents ne sont pas radins. C'est au moins une chose sur laquelle ils sont d'accord ! »

Et il sortit.

Méline resta longtemps devant la boutique du temps de Monsieur Benoît. Puis elle respira un bon coup et elle se lança. Elle ouvrit la porte et entra.

« Bonjour, dit-elle poliment. Je m'appelle Méline. Je vous dis tout de suite pourquoi je viens : je veux fonder une troupe de théâtre, mais je ne sais pas comment faire, parce que mes amis ne veulent pas, même pas ma meilleure amie Mona. Est-ce que vous pouvez m'aider ? »

Monsieur Benoît regarda Méline tout étonné. Aucun enfant n'avait encore présenté sa demande de manière aussi directe.

« Tout de suite, je ne pourrais pas faire grand-chose, dit Monsieur Benoît. Mais peut-être que quand plus d'enfants viendront dans la boutique, on pourra réunir un groupe assez nombreux.

— Ça serait bien, dit Méline. Je passerai tous les jours chez vous pour demander. »

Et elle mit une pièce de monnaie dans la boîte.

« Non, pour les enfants, c'est gratuit, dit Monsieur Benoît.

— Gardez, ça vient de ma mère », dit Méline.

Et elle sortit.

Peu après entra une autre jeune fille, à peu près de l'âge de Méline. Elle regardait partout, timidement, sans rien dire. Monsieur Benoît l'invita de la main à s'asseoir sur le canapé bariolé.

« Je m'appelle Mona, dit la jeune fille. Et…

— Ne serais-tu pas la meilleure amie d'une certaine Méline ? demanda Monsieur Benoît en souriant.

— Comment vous savez ça ? demanda Mona. Vous êtes magicien ? Ou une sorte de voyant ?

— Ni l'un ni l'autre, dit Monsieur Benoît. Une pure coïncidence, si on veut voir les choses comme ça. Ton amie Méline était ici à l'instant.

— Alors elle a sûrement dit du mal de moi... marmonna Mona.

— Non, elle n'a pas dit du mal de toi. Elle était juste un peu triste.

— Parce que je ne participe pas à sa troupe de théâtre, c'est ça ? »

Monsieur Benoît opina.

« C'est tellement bête, dit Mona. J'aimerais bien participer, mais ma mère dit que je ne dois pas gaspiller mon temps avec des bêtises pareilles. Je dois plutôt m'améliorer en orthographe et en calcul. Parce que je ne suis pas très bonne en orthographe et en calcul.

— Je vais y réfléchir, dit Monsieur Benoît. Il me vient déjà une idée... Reviens demain. On pourra au moins faire un peu d'orthographe et de calcul. Et puis on verra après... »

Mona hocha la tête et partit.

Enfin, ce fut au tour d'Ali d'entrer dans la boutique de Monsieur Benoît.

« Je ne voudrais pas vous déranger, dit-il. Je cherche juste un endroit pour lire tranquillement.

— Je t'en prie », dit Monsieur Benoît en lui montrant le canapé bariolé.

Ali s'assit, sortit le livre qu'il avait apporté, et commença tout de suite à lire.

Une heure plus tard, il dit :

« Merci. C'était super ! Est-ce que je pourrais revenir ?

— Bien sûr ! » dit Monsieur Benoît.

En sortant, Ali mit une pièce de cinquante centimes dans la boîte. Il l'avait eue comme pourboire la veille au restaurant.

« Non, pour les enfants, c'est gratuit, dit Monsieur Benoît.

— Ça vient d'un adulte », dit Ali, et il sortit.

La mère Ronchon observait avec hostilité toutes ces allées et venues d'enfants dans *La fabuleuse boutique du temps* de Monsieur Benoît. Qui sait ce qu'il pouvait bien fricoter ? De nos jours, on n'est jamais trop prudent, on ne peut plus faire confiance à personne, encore moins à un étranger. Heureusement, la mère Ronchon était là pour surveiller.

Mais Monsieur Benoît était vraiment content de sa journée.

La franchise des enfants le fascinait, leur confiance, leur originalité.

En plus, il avait gagné sept euros cinquante.

Chapitre 9

Pourtant, la joie de Monsieur Benoît fut de courte durée. Car dès le lendemain, deux hommes en costume gris et au regard sévère entrèrent dans la boutique.

« Tiens, pensa Monsieur Benoît, de nouveaux clients ! Et très différents de ceux d'hier ! »

Mais il se trompait complètement, car les deux hommes gris ne pensaient pas une seule seconde à profiter du temps qu'offrait Monsieur Benoît. Ils ne s'assirent même pas sur le canapé bariolé, malgré

l'invitation de Monsieur Benoît, mais restèrent debout durant toute la discussion.

Ils demandèrent les papiers de Monsieur Benoît, et surtout ses autorisations à ouvrir un commerce. Une plainte avait en effet été déposée contre Monsieur Benoît.

Monsieur Benoît tomba des nues.

Il n'avait pas demandé le droit d'ouvrir un commerce ? Mais enfin son magasin n'était pas un vrai magasin ! Et d'ailleurs, Monsieur Benoît n'en tirait pas de vrais revenus. Tout cela n'était que pour son plaisir, il rendait juste service à ceux qui voulaient parler.

Et qui pouvait bien avoir pu le dénoncer ? Qui avait intérêt à lui nuire ? Cette voisine, curieuse comme une fouine, dont il ne savait même pas le nom, et qui passait son temps à faire des allers-retours devant la vitrine sous tous les prétextes, pour scruter ce qu'il faisait ? Ou bien un propriétaire de salon de thé qui craignait un nouveau concurrent ?

Les deux hommes en gris annoncèrent à Monsieur Benoît qu'il devait fermer son magasin immédiatement.

Il pourrait le rouvrir quand il aurait obtenu les autorisations nécessaires.

À la réflexion, ça n'étonnait pas tellement Monsieur Benoît. Dans ce pays, tout était soumis à règlement, autorisation, accréditation. Il s'étonnait plutôt d'avoir été assez naïf pour ne pas y avoir pensé plus tôt.

« Et où puis-je obtenir cette autorisation ? » demanda Monsieur Benoît.

Les deux hommes en gris dirent, de manière plutôt hautaine :

« Vous ne savez pas ça ? Vous n'avez vraiment aucune idée de quoi que ce soit ! Vous n'avez qu'à demander à la chambre de commerce, ou aux services municipaux ! Et maintenant, fini de rire ! Vous fermez votre magasin immédiatement. »

Il ne restait plus à Monsieur Benoît qu'à obéir aux deux hommes en gris s'il ne voulait pas avoir encore plus de problèmes. Le cœur lourd, il rentra chez lui.

Cet après-midi-là, Méline trouva la porte de la boutique fermée. Puis Mona arriva peu après avec ses cahiers d'orthographe et de calcul, mais il n'y avait personne. Ali avait choisi un bon gros livre, mais il ne put s'asseoir sur le canapé bariolé pour lire à côté de Monsieur Benoît. Eliott voulait raconter la dernière dispute de ses parents, mais pas de Monsieur Benoît.

Les enfants rentrèrent chez eux déçus. Ils se sentaient même un peu trahis. Pourquoi Monsieur Benoît n'était-il plus là, alors qu'il le leur avait promis ? Avait-il changé d'avis ? Peut-être qu'après deux jours trouvait-il tout cela idiot ? Et d'ailleurs, est-ce qu'il s'intéressait vraiment aux problèmes des enfants ?

Même la mère Ronchon trouva bizarre que le magasin soit fermé et vide. Ça lui faisait même un peu de peine.

Monsieur Benoît s'assit dans son fauteuil couleur rouille et réfléchit. Dès le lendemain, il se renseignerait sur les moyens d'obtenir les autorisations pour rouvrir son magasin. Ça serait compliqué, mais il y arriverait. Monsieur Benoît avait quand même surmonté des difficultés plus importantes dans sa vie.

Et il devrait coller une affiche sur sa vitrine : *Fermeture temporaire. Réouverture prochaine !*

Il s'en voulait de ne pas avoir pensé à tout cela plus tôt. Cela lui aurait évité d'avoir à fermer sa boutique. Les enfants qui étaient venus l'après-midi étaient sûrement déçus. Monsieur Benoît avait songé à les inviter à venir chez lui, mais il avait repensé à la dénonciation anonyme. Qui sait ce que les gens auraient pu s'imaginer s'il avait invité des enfants chez lui ! Monsieur Benoît soupira. Voilà comment on récompensait les gens qui essayaient de faire le bien dans ce pays ! Il aurait pu au moins attendre les enfants devant la boutique pour leur expliquer. Mais il n'y avait pas pensé. À nouveau, Monsieur Benoît secoua la tête en pensant : « Vraiment, je n'ai pas l'esprit pratique et je n'ai pas les pieds sur terre ! »

Ce que Monsieur Benoît ne savait pas, c'est que Nora était retournée au magasin, avec une affiche qui disait : *Nous voulons que Monsieur Benoît revienne !* Elle l'avait collée sur la vitrine, avec sa signature. Elle avait laissé la place pour d'autres signatures.

Quand Monsieur Loiseau vit l'affiche, il signa lui aussi. Même la mère Ronchon signa. Mais elle attendit qu'il fît nuit noire.

Chapitre 10

« Attendez, je n'y comprends plus rien, dit la dame de la chambre de commerce, celle qui était chargée des créations d'entreprises et des autorisations d'ouvertures. Que voulez-vous ouvrir exactement ? Un salon de thé ? Une entreprise de soutien scolaire ? Une société de conseils ? Un club de lecture ? Un théâtre ? »

Monsieur Benoît haussa les épaules :

« Je ne sais pas très bien moi-même.

— Alors comment voulez-vous que moi je le sache ? » demanda la dame.

Elle était un peu décontenancée. Dans sa carrière, elle n'avait jamais rencontré un type de commerce aussi étrange.

« Est-ce que c'est une entreprise à but lucratif, pour gagner de l'argent, ou pas ? Et si oui, est-ce que le chiffre d'affaires dépassera les 30 000 euros par an ? » demanda-t-elle.

À ce moment-là, Monsieur Benoît partit dans un fou rire. Il riait tellement qu'il tomba presque de sa chaise. Et il rit tellement longtemps que la dame de la chambre de commerce finit par rire elle aussi. Quand ils eurent fini de rire, le sourire encore aux lèvres, la dame, de bien meilleure humeur, dit :

« Bon, je vous délivre une autorisation d'ouverture en libéral, disons... en activité de conseils en tout genre, si tant est que quelque chose comme ça existe. »

Monsieur Benoît remercia la dame chaleureusement et sortit tout joyeux. « Le rire est la meilleure des médecines, pensa-t-il. Il est utile dans toutes les situations de la vie, même pour quelque chose d'aussi étrange qu'une autorisation d'ouverture de commerce. » Et à la pensée de cette histoire de plafond de 30 000 euros qu'il ne devait pas dépasser avec son magasin presque gratuit, il se remit à rire.

Quand il arriva à sa boutique, il vit l'affiche de Nora avec toutes les signatures. Alors des larmes d'émotion se mêlèrent au rire.

Il ouvrit la boutique, monta le chauffage, alluma la machine à café et rédigea lui aussi une affiche : *Ma boutique de temps est à nouveau ouverte. Et j'ai maintenant une autorisation ! Merci pour les signatures, ça me fait très plaisir !*

Soudain, la porte s'ouvrit et laissa apparaître… Hermine Mayer, la mère Ronchon. Avec un plat dans les mains. Un peu gênée, elle se balançait d'une jambe sur l'autre, puis elle dit :

« J'ai fait un gâteau. Vous en voulez un morceau ?

— Bien volontiers, dit Monsieur Benoît. Mais seulement si je peux vous offrir un café avec. »

Ils s'assirent sur le canapé bariolé, la mère Ronchon coupa le gâteau, Monsieur Benoît prépara le café. Puis ce fut au tour de Monsieur Loiseau d'entrer. Il était très soulagé de voir la boutique rouvrir, et il mangea et but avec eux.

Après un moment, Eliott apparut.

« Dieu merci, vous êtes revenu ! cria-t-il presque. Je crois qu'ils ont vraiment pété les plombs ! »

Eliott semblait complètement indifférent à la présence de la mère Ronchon et de Monsieur Loiseau sur le canapé bariolé.

« Que s'est-il passé ? demanda Monsieur Benoît.

— Maman est partie, dit Eliott,elle n'a même pas dit où. Je pense qu'elle doit être chez sa meilleure amie, mais Papa est persuadé qu'elle est partie chez son

amant. Mais elle n'a pas d'amant, c'est LUI qui a une maîtresse. J'espère juste qu'elle ne va pas s'installer à la maison !

— Bon sang, dit Monsieur Benoît, quel sac de nœuds ! As-tu appelé ta mère ?

— J'ai essayé, dit Eliott. Plusieurs fois même. Mais elle ne décroche pas. Et elle ne rappelle pas non plus.

— Elle a peut-être juste besoin de prendre un peu de recul, dit Monsieur Benoît doucement.

— J'aimerais quand même bien qu'une fois ils se demandent tous les deux de quoi MOI j'ai besoin », murmura Eliott encore plus doucement.

La mère Ronchon lui coupa une part de gâteau.

« Je sais que ce n'est pas vraiment ce dont tu as besoin, dit-elle, mais peut-être que ça aide un petit peu. »

Monsieur Benoît était bien étonné. La mère Ronchon ne ronchonnait pas du tout aujourd'hui, mais elle était au contraire aimable et douce. À cause de son attitude méfiante des premiers jours et après ce qu'il avait entendu sur elle, il ne la voyait pas du tout comme ça.

Ils restèrent ensemble encore un moment. Eliott

mangea son gâteau et en prit même une deuxième part. Le gâteau semblait faire son effet, Eliott ne semblait plus aussi furieux qu'à son arrivée.

Ali arriva à la boutique.

« Oh, du gâteau, dit-il. On lui en offrit aussi une part. Dieu merci, vous êtes revenu, dit-il à Monsieur Benoît. On a craint le pire.

— Qu'est-ce qui aurait été le pire ? demanda Monsieur Loiseau en plissant ses yeux malicieux.

— Que Monsieur Benoît n'ouvre plus jamais sa boutique ! », dit Ali.

Milo, le copain d'Eliott, entra à son tour. Il voulait de l'aide pour son devoir de mathématiques.

« Aujourd'hui, on ne travaille pas, dit Monsieur Loiseau. Aujourd'hui est un jour de fête. »

Mais Monsieur Benoît dit :

« Non, oui, enfin on peut bien travailler un petit peu, de toute façon ce sera rapide. » En un tour de main, il expliqua sa leçon à Milo.

Enfin, Nora arriva.

« Merci pour l'affiche et la pétition, dit Monsieur Benoît.

— J’ai eu peur que vous ayez laissé tomber parce que cela était trop pour vous, dit Nora d’une petite voix.

— Tout au contraire, dit Monsieur Benoît, c’est maintenant que tout commence vraiment. »

Il n’y avait plus de place pour Nora et Milo sur le canapé bariolé.

« Il faudrait acheter un deuxième canapé, dit Ali, celui-ci est trop petit pour tout le monde !

— J’ai un vieux divan que je n’utilise plus chez moi, dit Monsieur Loiseau. Je me rends compte qu’il n’est pas aussi beau que le canapé bariolé, mais…

— Alors, allons le chercher, dit Ali. Allez, venez, allons-y, qu’est-ce qu’on attend ? »

Ils portèrent le vieux divan de l’appartement de Monsieur Loiseau jusqu’à la boutique de Monsieur Benoît.

« Il est vraiment, particulièrement… très moche », dit Ali.

Alors la mère Ronchon alla chercher chez elle une grande couverture bleue et l’ajusta sur le divan. Puis ils finirent le gâteau tous ensemble.

Méline et Mona se tenaient en spectatrices devant la vitrine et regardaient la scène du repas. Puis elles finirent par entrer.

« Désolé, dit la mère Ronchon, il ne reste plus de gâteau. »

Et elle ajouta après une pause :

« Dommage que la pâtisserie aussi ait fermé.

— Quelle pâtisserie ? demanda Mona.

— Cela fait tellement longtemps, dit la mère Ronchon, que les jeunes ne s'en souviennent même pas.

— Je me le rappelle vaguement, dit Monsieur Benoît doucement d'un ton plein de nostalgie.

— Ce n'est pas grave pour le gâteau, dit Méline, et pour la pâtisserie non plus… Ce qui compte, c'est… »

Elle s'arrêta net.

Monsieur Benoît sourit et finit la phrase à sa place :

« C'est de savoir si nous pouvons fonder une troupe de théâtre. »

Méline hocha la tête énergiquement.

« Bon, dit Monsieur Benoît, maintenant que nous sommes assis confortablement, nous devons en parler. Qui d'entre vous a envie de faire du théâtre ? »

Méline leva la main. Toute seule. Mona suivit timidement.

« Mais il faut d'abord que ma mère soit d'accord. »

Eliott haussa les épaules :

« Faire du théâtre ? Aucune idée. Je n'en ai jamais fait. »

Milo non plus n'avait pas l'air très emballé.

Et Ali dit : « Mon père vous dirait : "Du théâtre ? Quelle bêtise ! Pour tenir restaurant de kebabs, pas besoin théâtre. Restaurant de kebab, c'est déjà théâtre ! Tous les jours théâtre !" Il ne pense qu'à son restaurant. Je pense que ce qui serait parfait pour lui, c'est que je n'aille plus du tout à l'école et que je travaille toute la journée au restaurant.

— Quoi ? Tu travailles dans le restaurant de ton père ? demanda la mère Ronchon incrédule. Mais tu es beaucoup trop jeune pour ça !

— Oui, bon, juste de temps en temps..., dit Ali embarrassé. Mais mon père m'a dit que je ne devais en parler à personne. »

Ali se tordait les mains dans tous les sens.

La mère Ronchon secouait la tête pensivement.

Monsieur Benoît changea de sujet et revint au théâtre. Nora demanda :

« Mais qu'est-ce qu'on devra jouer ? Vous avez une idée ?

— Moi j'aurais bien des idées, dit Monsieur Benoît en souriant. Autrefois, j'ai même mis en scène quelques pièces. Mais je pense que ce serait mieux que les idées viennent de vous. Et même, je pense que ce serait encore mieux que vous inventiez vous-mêmes la pièce.

— Nous-mêmes ? dit Eliott, dubitatif. Moi je ne trouverais rien du tout à raconter.

— Moi non plus, dirent les autres d'une seule voix.

— Ça m'étonnerait, dit Monsieur Benoît. Et vous n'y avez de toute façon pas du tout réfléchi.

— Quand je vous regarde par la vitrine, dit Méline, j'ai toujours l'impression de voir une pièce de théâtre. Je vois la scène : "Je fais mes devoirs avec un adulte." Une autre fois, je vois la scène "Je lis tranquillement sur mon canapé." Ou bien : "Je raconte mes soucis, quelqu'un peut-il m'aider ?" Pour moi, cette boutique, c'est une vraie scène de théâtre. Vue de l'extérieur, du moins. »

Monsieur Benoît sourit et approuva de la tête.

« Pensez à ce qui vous a poussé à venir ici. Qu'est-ce que vous cherchiez ? Comment vous sentiez-vous ? Qu'est-ce que cela a changé pour vous ? »

Il regarda tout le monde à tour de rôle.

« Nora, tu as été la première à venir. C'est même peut-être grâce à toi que j'ai démarré cette aventure. Comment cela s'est-il passé pour toi ? Raconte. »

Il se ravisa, puis dit :

« Non, peut-être que c'est moi qui dois commencer à raconter… Alors, voilà. Au début… »

Et il raconta. Depuis le début. Son enfance ici. Sa vie à travers le monde. Ce qui l'avait fait revenir. Comment la boutique l'avait « appelé ». Comment le lendemain il avait rencontré Nora qui pleurait sur les marches…

« Et maintenant, à toi, Nora », dit Monsieur Benoît en l'encourageant du regard. Alors Nora raconta. D'abord de façon hésitante, puis peu à peu de plus en plus vivement.

Pourquoi elle pleurait, assise sur les marches. Comment Monsieur Benoît l'avait consolée. Comment elle avait tout de suite eu confiance en lui, même si elle ne le connaissait pas du tout. Et comment, tout d'un coup, son problème lui avait paru minuscule…

Ali aussi raconta. Comment il avait vu Monsieur Benoît lire sur le canapé. Son désir de trouver un endroit où on le laisserait tranquillement lire et apprendre. Et comment, cet endroit, il l'avait trouvé dans la boutique du temps de Monsieur Benoît.

Eliott et Milo racontèrent comment les mathématiques étaient devenues amusantes avec Monsieur Benoît. Eliott réussit aussi à dire combien Monsieur Benoît savait consoler les cœurs tristes, mais il le dit si doucement, avec des mots qui s'emmêlaient tellement dans sa bouche, que peut-être seul Monsieur Benoît le comprit. Milo ajouta qu'avec un professeur comme Monsieur Benoît, il n'aurait sûrement pas de difficultés scolaires. Et Méline ne put s'empêcher de répéter que pour elle la boutique était comme un théâtre.

Monsieur Loiseau et la mère Ronchon n'en croyaient pas leurs yeux et leurs oreilles. De leur vie, ils n'avaient

jamais entendu des enfants se confier aussi sincèrement. Monsieur Loiseau dit :

« Chapeau, Monsieur Benoît, ce que vous avez réussi à faire est extraordinaire ! »

La mère Ronchon dit qu'elle avait été très méfiante au début. Et tout le monde eut même l'impression qu'elle avait un peu honte à présent. Puis elle raconta, avec émotion, la mort de son mari, suivie de la mort de sa meilleure amie. Et que son petit-neveu, Constantin, ne voulait pas reprendre son magasin de jouets, et qu'elle se sentait si souvent seule.

Monsieur Benoît la regardait d'un air pensif. C'était vraiment une tout autre mère Ronchon que celle qu'il connaissait jusqu'ici. Puis il regarda à la ronde.

« Eh bien voilà ! dit-il. Je pense que nous tenons notre pièce de théâtre.

— Mais ce n'est pas une vraie pièce ! dit Méline.

— Tu crois ? Il me semble que si, dit Monsieur Benoît en souriant. Qui veut participer ? »

Tout le monde leva la main. Même Monsieur Loiseau. Même la mère Ronchon.

Chapitre II

Les jours passaient vite. Monsieur Benoît avait beaucoup à faire. De plus en plus d'enfants venaient dans sa boutique lui demander de l'aide. Ou tout simplement pour parler avec lui. Même des adultes venaient. Monsieur Benoît avait fini par acquérir, dans la petite ville, la réputation d'un homme prévenant, serviable, et digne de confiance.

Un jour vint une jeune femme avec un bébé dans une poussette. Elle lui demanda :

« Pourriez-vous surveiller mon bébé pendant une demi-heure ? Je voudrais aller prendre un café avec ma meilleure amie et bavarder avec elle comme avant, sans être dérangée par les pleurs du bébé. »

À dire vrai, de sa vie, Monsieur Benoît n'avait jamais gardé un seul bébé.

« Je… je…, bégaya-t-il, je crois que je ne peux pas… »

Mais la jeune femme dit :

« Jonas a été changé, il a mangé et il est en train de dormir. Vous n'aurez rien à faire. S'il se réveille et s'il se met à pleurer, vous le prenez dans vos bras et vous le promenez dans la boutique, ça n'a vraiment rien de compliqué. Ce ne sera pas long.

— Bon», dit Monsieur Benoît un peu inquiet. Il regretta que la pâtisserie d'à côté, avec son salon de thé en arrière-boutique, soit fermée. Au moins, il aurait pu à tout moment rejoindre la jeune femme en cas de problème.

Mais il n'y eut aucun problème. Jonas dormit tout le temps, et ne se réveilla qu'au retour de sa mère.

«Merci, dit-elle. Vous ne pouvez pas vous imaginer combien une demi-heure de liberté peut faire de bien. Est-ce que vous m'autorisez à revenir?

— Bien sûr», dit Monsieur Benoît.

La jeune femme mit un billet dans la tirelire.

«Laissez, je ne veux pas être payé pour cela, dit Monsieur Benoît.

— Une baby-sitter m'aurait coûté plus cher», dit la jeune femme. Et elle partit en saluant de la main.

L'après-midi, il vint tellement d'enfants que Monsieur Benoît n'eut pas assez de boissons ni de gâteaux : tout fut avalé en un clin d'œil.

«C'est vraiment dommage que la pâtisserie soit fermée», regretta-t-il une nouvelle fois.

Alors il se produisit une sorte de miracle. Un homme d'un certain âge, inconnu de Monsieur Benoît, entra. Il s'appelait Monsieur Lepic et disait être le propriétaire de la pâtisserie abandonnée. Rayonnant, il expliqua à Monsieur Benoît :

« Madame Lapointe vient de me contacter. Elle tient une pâtisserie dans la zone commerciale. Elle veut ouvrir un nouveau magasin dans mon local. N'est-ce pas merveilleux ? La vie revient enfin dans la rue principale. Et c'est à vous que l'on doit cela, Monsieur Benoît ! » Pendant son discours, ses joues avaient rosi d'excitation.

Monsieur Benoît était surpris de constater que ce Monsieur Lepic le connaissait. Et même semblait le connaître plutôt bien, comme si cela faisait longtemps qu'il l'observait en cachette.

Cela fit chaud au cœur de Monsieur Benoît. Comme si cette nouvelle de la réouverture de la pâtisserie lui ramenait une part d'enfance.

Chapitre 12

Les mercredis après-midi étaient maintenant réservés à la troupe de théâtre. Monsieur Benoît fermait la boutique et mettait une affichette sur la porte :

Répétitions de théâtre en cours. Ne pas déranger. Sauf si vous voulez participer !

Monsieur Benoît était heureux. Cela faisait très longtemps qu'il n'avait plus fait de théâtre, mais il n'avait pas oublié. Tout lui revint facilement : les activités d'échauffement, les ateliers de désinhibition pour perdre sa timidité, les exercices de respiration pour chauffer la voix, les jeux d'improvisation.

Il commença avec des exercices corporels : quelqu'un se met dans une position, l'autre doit l'imiter ; quelqu'un guide, l'autre doit le suivre ; quelqu'un fait quelque chose, l'autre agit comme son image dans le miroir, etc.

Puis ils passèrent à des exercices vocaux : bourdonner, fredonner, plus fort, moins fort. Enfin, ils durent se promener dans la pièce, sans but, tout seuls ou à la queue leu leu.

« Maintenant que nous nous sommes échauffé le corps et la voix, il faut faire la même chose pour l'esprit », dit Monsieur Benoît. Il demanda aux enfants de prendre des poses pour représenter des sentiments : la peur, la tristesse, la déception, la colère, la joie, la douceur, l'amour… Peu à peu, avec tous ces exercices, ils se sentirent plus libres et confiants.

Pourtant ce n'était pas comme cela qu'ils s'étaient imaginé le théâtre. Méline demandait toutes les cinq minutes :

« Quand est-ce qu'on fait vraiment du théâtre ?

— Il faut commencer par ces exercices, dit Monsieur Benoît. C'est cela le théâtre : on doit d'abord détendre le corps et l'esprit, et ensuite on peut jouer de vraies scènes. »

Comme il voyait que Méline n'était pas convaincue, il lui expliqua :

« C'est comme pour le sport : avant de faire des compétitions, il faut s'entraîner. Et avant les entraînements, il faut s'échauffer. »

Petit à petit, ils s'habituèrent à la méthode de Monsieur Benoît, et ils finirent même par l'apprécier.

Ils marchaient et couraient, jouaient à rester sans bouger, sautaient comme des grenouilles, bondissaient comme des lapins, s'allongeaient, s'étiraient, se recroquevillaient, se faisaient tout petits, ils parlaient, ils criaient, ils murmuraient et chuchotaient... Ils marmonnaient et se disputaient dans des langues qu'ils inventaient en improvisant. Ils riaient, les joues toutes rouges, sans voir le temps passer.

Il faut dire que pour Monsieur Loiseau et la mère Ronchon, qui participaient aussi, le résultat n'était pas toujours très élégant. Ils étaient tout maladroits, marchaient à quatre pattes en levant les fesses, mais ils s'en fichaient. Ça ne leur faisait rien que les enfants se moquent d'eux, ils se doutaient bien qu'ils ne devaient pas être très beaux à voir. Au contraire, ils préféraient rire d'eux-mêmes. Et d'ailleurs ils n'avaient pas autant ri depuis longtemps.

Dans le feu de l'action, personne ne se rendait compte que des passants, devant la vitrine, les regardaient d'un air amusé. Ce fut Monsieur Benoît qui le leur fit remarquer. Alors les nouveaux comédiens leur firent signe de la main. Méline s'inclina même et fit une révérence.

« C'est tellement amusant, dit Eliott. Et quand on joue, on oublie tous ses problèmes. J'aimerais bien faire ça tous les jours.

— Quand la préparation se terminera, dit Monsieur Benoît, dans la phase finale, avant la représentation, il faudra de toute façon répéter plus souvent qu'une fois par semaine. »

Le travail avançait. Ce que les enfants avaient raconté de leurs problèmes et de leurs désirs, au magasin, sur le canapé bariolé, avait d'abord été testé, puis répété de plus en plus dans le détail, travaillé minutieusement, puis finalement écrit. Ainsi prit forme, peu à peu, lentement, scène après scène, une vraie pièce de théâtre.

« Où allons-nous jouer notre pièce quand nous serons prêts ? demanda Eliott. Ici, il y a de la place pour nous, mais pas pour les spectateurs. »

Monsieur Benoît ne disait rien.

« Peut-être à l'école ? proposa Nora. Sous le préau, ou dans le gymnase ?

— Non, dit Milo, pas à l'école... On n'est pas bien à l'école. »

Monsieur Benoît ne disait rien. Monsieur Loiseau ne disait rien. Les enfants ne disaient rien non plus.

La mère Ronchon tapotait son index sur son nez. Enfin elle prit la parole, et on sentit que ça lui coûtait :

« Vous pourriez... je veux dire, on pourrait... jouer dans ma boutique qui est assez grande. Elle est vide depuis des années, mais le chauffage fonctionne et il y a de l'électricité. Évidemment, pour tout le reste, il y a beaucoup de travaux à faire. »

Monsieur Benoît sourit. Il avait espéré sans le dire que Hermine Mayer ferait cette proposition.

« C'est très généreux de votre part, chère Madame Mayer ! Vraiment très généreux ! »

Hermine sourit aussi. Il y avait longtemps que quelqu'un ne l'avait appelée « chère Madame Mayer ».

« Peut-être pourrait-on désormais se tutoyer ? demanda-t-elle à Monsieur Benoît.

— Avec plaisir !

— Et nous ? demanda Méline.

— Vous aussi, ça va de soi ! dit Monsieur Benoît. D'ailleurs, on se tutoie toujours dans une vraie troupe de théâtre. »

Chapitre 13

Les semaines qui suivirent, il y eut du remue-ménage dans la rue principale autrefois déserte. Dans tous les coins, on construisait, donnait des coups de marteau, sciait, peignait, perçait, vissait. Madame Lapointe employait les meilleurs artisans de la ville pour aménager sa pâtisserie. Des camions déchargeaient des quantités énormes de planches, de tables, de bancs, un grand comptoir, des appareils électriques, des lampes, et bien d'autres choses. Ils arrivaient sur des palettes, ce qui donna une idée à Monsieur Benoît :

« Est-ce que je peux vous acheter les palettes ? demanda-t-il à un chauffeur.

— Je peux même vous les donner, répondit celui-ci, on est contents de s'en débarrasser, on ne sait pas quoi en faire !

— C'est formidable ! » dit Monsieur Benoît en se frottant les mains. Avec ces palettes, il pourrait monter une petite scène, c'était une solution simple et économique. Il se mit immédiatement au travail et transporta vingt-quatre palettes dans la boutique de

Hermine Mayer. Ça devrait suffire. Monsieur Benoît donna un pourboire au chauffeur, dont la curiosité était maintenant attisée :

« Qu'est-ce que vous allez en faire ? »

Monsieur Benoît lui expliqua.

« Hmm, dit le chauffeur. C'est chouette. »

Il grommela encore un moment tout seul, se gratta la tête, et il dit :

« Vous savez, ce n'est pas banal que quelqu'un essaie de faire du bien autour de lui. Surtout comme vous faites, sans essayer de gagner de l'argent. Regardez par exemple cette maison vide là-bas. Avant, c'était la Maison de la Jeunesse. Mais le propriétaire a tellement augmenté le loyer que la mairie n'a pas voulu continuer à la louer. Maintenant la maison est vide. Le propriétaire n'en tire plus rien et les jeunes n'ont plus d'endroit pour leurs activités. Voilà... Je trouve en tout cas super, ce que vous faites. Et si vous voulez, je vous donne un coup de main ce week-end pour monter votre scène.

— Ce serait merveilleux, dit Monsieur Benoît. J'accepte cette proposition bien volontiers. Mais je vous paierai bien sûr pour ce travail.

— Non, dit le chauffeur. Moi aussi je veux faire quelque chose de bien sans demander d'argent. Ça fait trop longtemps que je n'ai pas fait ça. »

Il regarda sa montre.

« Mais maintenant, je dois partir. Alors, à samedi. Au fait, je m'appelle Maurice. Et je vous préviens : je me lève tôt ! »

Il se mit à rire et monta dans son camion. En s'éloignant, il fit un geste de la main à Monsieur Benoît.

Peu après, une femme s'approcha, qui se présenta comme étant Madame Lapointe.

« Vous savez, c'est moi qui vais prochainement rouvrir la pâtisserie… J'ai beaucoup entendu parler de vous, dit-elle à Monsieur Benoît. Depuis des semaines, vous êtes le sujet de conversation de toute la ville. C'est formidable, tout ce que vous avez réussi à mettre sur pied. Et aussi ce que vous continuez à faire. J'ai quelque chose qui peut vous intéresser. En réalité, ce n'est pas à moi, c'est à Monsieur Lepic, mais je lui ai demandé, il m'a dit qu'il n'en avait plus besoin… »

Monsieur Benoît se demandait en souriant quand elle allait enfin arriver au but.

« Dans un débarras, j'ai quelques fauteuils qui étaient dans l'ancienne pâtisserie, ajouta-t-elle enfin. Peut-être qu'ils pourraient vous être utiles ? »

Comme le hasard faisait bien les choses !

« Vous ne pouviez pas mieux tomber, dit Monsieur Benoît. J'ai en effet besoin de fauteuils pour les spectateurs, vos fauteuils feront merveilleusement l'affaire. »

« C'est mon jour de chance, pensa Monsieur Benoît. Les fauteuils de Madame Lapointe tombent à pic, à moins que ce ne soient les fauteuils de Monsieur Lepic qui tombent à point… »

Il regarda le canapé bariolé qui trônait au milieu de sa boutique. C'était lui qui lui portait chance, un vrai canapé porte-bonheur. Même si, en fait, Monsieur Benoît savait que c'était lui-même qui avait réalisé tout ce petit miracle. Et il en était même un peu fier.

Le samedi matin suivant, à sept heures sonnantes, Monsieur Maurice, le chauffeur, arriva devant la boutique du temps de Monsieur Benoît. Il était équipé d'une impressionnante caisse à outils. Monsieur

Benoît et lui se mirent tout de suite au travail. Avec l'aide de Monsieur Maurice, tout allait très vite. Monsieur Loiseau et Monsieur Lepic, le propriétaire de la pâtisserie, vinrent donner un coup de main, et Hermine Mayer prépara un déjeuner copieux pour tout le monde. Le soir même, la scène était montée. Après avoir tout impeccablement nettoyé, ils installèrent les fauteuils de l'ancienne pâtisserie pour les spectateurs. Monsieur Lepic et Hermine ajoutèrent quelques fauteuils dont ils n'avaient pas l'usage. Ainsi que deux tabourets de piano. Et deux vieilles chaises longues un peu bancales. Et un tabouret de bar. La salle était maintenant bien garnie. Et très colorée.

Quand tout fut prêt, Hermine arracha les feuilles de papier kraft placées sur la vitrine, les mit en boule et les jeta à la poubelle. Elle était ravie. Monsieur Benoît la prit par les épaules et l'embrassa sur le bout du nez. Hermine rougit comme une jeune fille.

Pour fêter la construction de la scène, ils s'assirent tous ensemble autour d'une bonne bouteille de vin.

Le vin sembla délier la langue de Monsieur Maurice. Il n'avait presque pas prononcé un mot de toute la journée mais tout d'un coup il dit :

« Si mon fils vivait encore, il aurait maintenant douze ans. Peut-être qu'il jouerait dans votre pièce de théâtre. »

Tout le monde le regarda, atterré. Alors Monsieur Maurice raconta que son fils, quand il avait cinq ans, était mort subitement. Son mariage n'avait pas résisté à cette épreuve. De son fils ne lui restaient que des photos et des vidéos. La seule chose qui le consolait était d'avoir pu profiter vraiment du temps avec son fils.

« On a eu tellement de bons moments ensemble, on a joué, on a ri, on a chanté, on s'est promené dans la forêt, les arbres étaient nos châteaux forts, les branches étaient nos chevaux. Je lui ai lu des histoires dans son lit, et je l'ai embrassé avant qu'il ne s'endorme. J'ai toujours pris le temps de m'occuper de lui. Et maintenant, je suis tellement content de l'avoir fait. »

Il marqua une petite pause, puis il dit, doucement :

« Je me suis laissé enfermé dans le travail et la routine. Je me rends compte avec vous que je dois vivre de manière plus ouverte. C'est pour cette raison que je vous remercie, Monsieur Benoît. Beaucoup.»

Tout le monde était très ému de ces mots et personne n'osait rompre le silence.

Ce fut Monsieur Benoît qui se décida :

« Monsieur Maurice, dit-il, voilà qui ferait une formidable conclusion à notre pièce de théâtre. Voulez-vous participer ?

— Je ne sais pas..., dit Monsieur Maurice, il faut que je réfléchisse.»

Mais il se reprit après un bref moment et dit :

« Je le fais ! »

Monsieur Benoît lui serra la main.

Hermine essuya deux larmes sur ses joues.

Chapitre 14

Le mercredi était donc le jour du théâtre. Les derniers jours avant la représentation, Monsieur Benoît garda les mêmes habitudes : il expliquait des notions de mathématiques, faisait du café, relisait des rédactions, consolait des âmes en peine, revoyait des règles d'orthographe avec Mona, donnait des conseils de lecture à Ali, demandait des nouvelles de ses parents à Eliott (sa mère ne répondait toujours pas au téléphone), gardait des bébés, parlait avec des mamans, tout cela en étant approvisionné en gâteaux par Hermine. À dire vrai, elle cuisinait plutôt pour Monsieur Benoît, mais elle ne le lui avouait pas.

La pièce de théâtre était maintenant écrite. Pour peaufiner, Monsieur Benoît avait repris quelques tournures de langue, puis imprimé un exemplaire pour chaque comédien.

Chacun devait à présent apprendre son rôle.

« Il y a une chose très importante que vous devez savoir, expliqua-t-il à son groupe. Quand vous direz le texte que vous avez appris par cœur, vous ne devez jamais donner l'impression que vous l'avez appris par cœur. Le spectateur doit penser que vos répliques vous viennent spontanément à l'esprit.

— On a besoin de projecteurs, bondit Eliott tout d'un coup. Et aussi d'enceintes et d'écouteurs. Et d'un vidéo-projecteur, et d'une…

— Non Eliott ! l'interrompit Monsieur Benoît. Les projecteurs, c'est vrai, on en a besoin. Mais on peut se passer du reste. On n'est pas à la Comédie Française. Vous pourrez facilement emplir la salle avec votre voix. Alors pas d'enceintes ni d'écouteurs, ni aucun gadget. De toute façon, tout cela reviendrait trop cher. Et surtout, libérez-vous de l'idée que, pour faire du bon théâtre, il faudrait toute une technologie sophistiquée, des costumes luxueux, plein d'accessoires, etc. Non ! Moi, je suis partisan d'un théâtre libre et simple, qui peut exister avec presque rien. Il n'y a que deux conditions à remplir pour faire une bonne pièce de théâtre : qu'elle soit bien écrite, et qu'elle soit bien jouée. Nous ne sommes pas des professionnels, mais nous sommes devenus une belle troupe, nous avons travaillé ensemble et nous y avons pris du plaisir. C'est merveilleux ! Avec notre pièce, nous voulons montrer comment tout est arrivé, mais surtout communiquer des émotions aux spectateurs. Vous allez leur présenter vos soucis, vos peurs, vos souhaits, vos rêves. Vous les ferez rire, peut-être même pleurer, réfléchir en tout cas. Mes amis, si nous parvenons à faire cela, nous aurons fait beaucoup, et nous pourrons être fiers de nous. »

Ils n'avaient jamais entendu Monsieur Benoît parler autant. De toute sa vie, d'ailleurs, il n'avait jamais autant parlé.

Chapitre 15

Le jour de la représentation était arrivé ! Les membres de la troupe piaffaient d'impatience.

« Du calme, les amis, du calme ! », disait Monsieur Benoît.

Il vérifiait que tout était prêt. Le canapé bariolé trônait au milieu de la scène. Les fauteuils des spectateurs étaient bien alignés. Deux projecteurs avaient été achetés avec l'argent de la tirelire de la boutique du temps. Monsieur Benoît avait conçu les affiches et les invitations sur son ordinateur, puis il les avait photocopiées et distribuées aux enfants pour leurs parents et connaissances, ou collées à plusieurs endroits dans la ville. Il avait invité le maire, la dame de la chambre de commerce, les directeurs des écoles et les professeurs. Le journal local avait publié l'annonce qu'il avait envoyée. En outre, il avait invité toutes les personnes qui étaient venues dans sa boutique du temps pour une raison ou pour une autre.

Pour fêter la première, Hermine avait évidemment concocté quelques gâteaux, et Madame Lapointe, en guise de publicité, avait apporté des bouteilles de limonade dans l'espoir que les spectateurs viendraient dans sa pâtisserie après la représentation.

Méline était la seule de la troupe qui n'avait pas le trac. Elle se réjouissait. Enfin, son rêve de théâtre devenait réalité.

Mona avait avoué à sa mère qu'elle n'allait pas à la boutique du temps seulement pour faire du calcul et de l'orthographe, mais aussi pour faire du théâtre. Sa mère avait d'abord été très fâchée, mais comme entretemps les résultats scolaires de Mona s'étaient bien améliorés, elle avait fini par se radoucir, et même par promettre de venir voir la représentation avec son père.

Les parents de Nora aussi devaient venir. Ils avaient bien été obligés de constater que la fréquentation de Monsieur Benoît était bénéfique à Nora, et qu'elle n'était plus aussi timide qu'autrefois.

Ali avait fini par trouver un arrangement avec son père : il serait libre tous les mercredis après-midi, et en échange il devrait aider au restaurant le samedi après-midi.

« Jouer le théâtre, c'est de la bêtise ! J'ai dit cent fois, restaurant c'est déjà théâtre, tous les jours ! », grommelait son père pour lui-même. Mais il avait quand même fini par donner son accord. Ce qu'il ne disait pas, c'est qu'il était un peu fier que son fils fasse du théâtre, et même très curieux de voir comment il s'en sortirait. Donc toute la famille viendrait voir la pièce. Seul Eliott ne savait pas si ses parents viendraient. Sa mère n'était pas revenue, mais elle avait fini par décrocher le téléphone et Eliott avait pu lui parler.

« Tu viendras me voir jouer ? lui avait-il demandé.

— Je ne sais pas, avait répondu sa mère, je ne sais pas si je supporterais d'être dans la même pièce que ton père.

— Je ne sais même pas s'il viendra, de toute façon », dit Eliott d'un ton amer.

Et ce fut tout.

Les premiers spectateurs arrivaient. Des parents, des amis, des connaissances des enfants. La salle se remplissait. Le maire entra, ainsi que les directeurs des écoles et les professeurs. Et beaucoup de « clients » de

Monsieur Benoît, même la jeune maman, cette fois sans son bébé.

Finalement, la salle fut presque pleine.

« Mon fils ! C'est mon fils qui joue ! », entendit Ali. Son père faisait de grands gestes. Ali ne put s'empêcher de sourire.

« Ils ne sont pas venus, dit Eliott, je m'en doutais. »

Pourtant ils arrivèrent, au dernier moment, d'abord son père, puis sa mère. Ils s'assirent sur les deux sièges restants, les plus éloignés possible l'un de l'autre. Cela suffit pourtant à soulager et à faire plaisir à Eliott.

« Ils sont venus », dit-il à Monsieur Benoît en les lui montrant.

Monsieur Benoît salua les invités, remercia ses comédiens, et la pièce commença.

« Regarde-moi ! Regarde-moi donc ! », chuchotait la boutique déserte.

On apprenait quelle vie Monsieur Benoît avait menée autrefois. Puis ses promenades solitaires. Que Nora s'était retrouvée assise à pleurer sur les marches. Comment le canapé bariolé était arrivé dans la boutique. Combien les mathématiques paraissaient faciles avec

Monsieur Benoît. La générosité de Monsieur Loiseau et la méfiance de la mère Ronchon, qui s'était peu à peu dissipée, jusqu'à ce qu'elle fasse des gâteaux pour tout le monde. Comment Ali avait enfin trouvé un endroit pour lire tranquillement.

Quand Ali imita son père : « À quoi ça sert, apprendre tout ça ? Dans restaurant kebab, moi tout apprendre à toi. Pas besoin faire théâtre ! Kebab restaurant, tous les jours théâtre ! », il obtint le premier éclat de rire de la salle. Et quand il prononça sa phrase à propos du vieux canapé de Monsieur Loiseau : « Il est vraiment, particulièrement… très moche », le deuxième. Mais quand il raconta ses désirs et ses rêves, lire, aller au lycée, étudier, on n'entendit plus aucun bruit dans la salle.

Ensuite vint le tour de Méline, et ses efforts malheureux pour fonder une troupe de théâtre, avant que son rêve ne devienne réalité avec sa rencontre avec Monsieur Benoît.

Puis Milo raconta son histoire avec le professeur qui ne pouvait pas le supporter, et comment un jour une autrice, lors d'une lecture au collège, avait mis ce professeur à la porte parce qu'il se comportait mal. Cette scène aussi eut un gros succès !

Nora raconta sa reconnaissance envers Monsieur Benoît parce qu'il avait su la consoler. Une autre scène raconta la même reconnaissance de la part de la jeune maman qui avait pu profiter d'une demi-heure de calme avec sa meilleure amie... Et comment la scène fut montée, et comment Monsieur Benoît avait trouvé les fauteuils presque comme par miracle.

Comment ensemble ils avaient conçu la pièce.

Puis ce fut à Eliott. Il représenta sur scène les disputes de ses parents, son manque d'assurance, et combien il en souffrait, comment il ne put pas joindre sa mère pendant des jours. Il exprima le sentiment que ses parents ne pensaient qu'à eux-mêmes, et que ce que lui-même ressentait leur était bien égal. On aurait pu alors entendre les mouches voler dans la salle.

Pendant ce temps, Monsieur Benoît observait les parents d'Eliott. Le père était tendu, crispé, les lèvres serrées. La mère essuyait discrètement les larmes qui lui coulaient sur la joue.

Dans la scène finale, Monsieur Maurice raconta son histoire, la mort brutale de son fils de cinq ans, son mariage brisé, et il conclut en s'adressant à la salle : « Parlez à vos enfants ! Jouez avec eux ! Riez avec eux ! Chantez avec eux ! Dansez avec eux ! Lisez-leur des histoires ! Soyez tendres ! Consacrez-leur du temps ! Beaucoup, beaucoup de temps ! Parce que vous ne savez pas combien de temps il vous sera donné de les avoir près de vous ! »

Alors plus personne ne put retenir son émotion.

À la fin de la pièce, un silence absolu régnait sur la salle. Puis un tonnerre d'applaudissements retentit.

« Mon fils ! Mon fils ! criait à nouveau le père d'Ali en le montrant fièrement à tous ses voisins. Qu'est-ce qu'il est intelligent ! Il va étudier ! Il va aller au lycée ! »

Les parents de Nora, Méline et Mona se pressèrent vers la scène pour féliciter les enfants et remercier Monsieur Benoît.

Même la dame de la chambre de commerce vint le féliciter. Et les deux hommes en gris qui avaient temporairement fermé la boutique saluèrent de la main Monsieur Benoît depuis le fond de la salle. Hermine

coupait ses gâteaux et servait les invités. Madame Lapointe offrait sa limonade et pas mal de spectateurs quittaient la salle pour aller dans sa pâtisserie qui était déjà pleine à craquer.

Le père et la mère d'Eliott s'approchèrent de la scène chacun de leur côté. Ils se regardèrent, se firent un signe de la tête, puis ils allèrent vers Eliott et le prirent dans leurs bras.

Les professeurs et les directeurs d'école félicitèrent aussi Monsieur Benoît et proposèrent que la pièce soit jouée devant les élèves des trois écoles. Monsieur Benoît était agréablement surpris, il n'avait pas pensé à cette éventualité. Perdu dans ses pensées, il tournait son verre dans ses mains.

Le maire vint à son tour pour féliciter Monsieur Benoît et promit de soutenir financièrement la troupe de théâtre. Hermine arriva avec ses gâteaux et offrit une part à tout le monde.

« Vous avez beaucoup fait pour cette petite ville, dit le maire la bouche encore pleine. Vous ne voudriez pas rejoindre le conseil municipal ? Vous nous seriez très utile. »

Mais Monsieur Benoît déclina l'offre.

« Je vous remercie, Monsieur le Maire, je suis très honoré, mais ce n'est pas pour moi. Et puis je n'aurais plus le temps pour ma boutique du temps ! »

Enfin il trinqua avec Hermine et la regarda profondément dans les yeux. Elle n'avait vraiment plus rien de la mère Ronchon. À nouveau, elle rougit. Mais dans la lumière tamisée, personne ne le remarqua.

FIN

Jutta Treiber est née en Autriche en 1949. Elle écrit pour tous les âges et pratique tous les genres : albums jeunesse, romans, poésie, comédie musicale, etc. Ses livres ont été traduits en 22 langues et ont remporté plusieurs prix.

www.juttatreiber.com

Nadja Grace Bodner est née en Autriche en 1995. Diplômée en design graphique et communication, elle s'est spécialisée depuis 2018 dans les illustrations pour des livres jeunesse.

instagram.com/nadlsdoodles

Remerciements

À Yann, mon mari, pour sa belle plume et son soutien infaillible.
À Véronique Maksud, pour son aide et son amitié.
À Philippe Schneider, soutien de la première heure.

Astrid Franchet

ASTRID FRANCHET
ÉDITIONS

67300 Schiltigheim

Titre original : Die knallbunte Couch
Texte : Jutta Treiber
Couverture & illustrations : Nadja Grace Bodner

Édition en langue française par l'intermédiaire de mundt agency, Düsseldorf

Traduction : Yann et Astrid Franchet

2e tirage
Achevé d'imprimer en Lituanie par Standart Impressa
en juin 2023 sur Lux Crème 90 g

Dépôt légal du premier tirage : mai 2021

Loi n° 49-956 du 16 juillet 1949
sur les publications destinées à la jeunesse

ISBN 978-2-900315-11-8

www.editions-astrid-franchet.com

Ce livre a été soutenu par la Région Grand Est et la Préfecture de la région Grand Est
(Direction régionale des affaires culturelles)
dans le cadre du soutien à l'édition indépendante.

La Région Grand Est

PRÉFET
DE LA RÉGION
GRAND EST
Liberté
Égalité
Fraternité